Stolpersteine

...das Leben ist nicht immer fair!

1. Auflage: Juni 2014

Herstellung und Verlag:
BoD – Books on Demand, Norderstedt

ISBN: 978-3-7357-4157-8

AF139195

Inhaltsverzeichnis

Vorwort

Liebe Leser,

lassen Sie uns ganz ehrlich sein: Das Leben ist nicht immer ein Zuckerschlecken! Hin und wieder geraten wir in Verdrossenheit, sei es durch den Verlust eines lieben Mitbürgers, einen Unfall oder eine plötzliche Krankheit. Ebenso können uns aber auch böse Mitmenschen mit ihren gespaltenen Zungen das Leben zur Hölle machen, weil sie anscheinend nichts anderes zu tun haben, als uns ständig nachzuspionieren und Gesehenes verfälscht an die große Glocke zu hängen. In diesen Phasen gibt es nichts Schlimmeres, als einsam zu sein und keinen Menschen zu haben, der einem sein Gehör schenkt. Dieses Buch soll Ihnen beim Lesen ein wenig "zuhören" und durch diese schwierigen Lebensphasen hinweghelfen.

Viel Spaß beim Lesen und Entlasten der Seele wünscht Ihnen der Autor Norbert van Tiggelen.

Geradeaus sein

Menschen, die meist geradeaus sind,
haben's manchmal richtig schwer.
Denn bei ihnen stoßen Heuchler
größtenteils auf Gegenwehr.

Wehrlos mit dem Strom zu treiben,
das liegt ihnen ganz weit fern.
Aufrecht geh'n und Zähne zeigen
ist für sie des Lebens Kern.

Weil sie einen Standpunkt haben,
schätzt man sie als schwierig ein.
Doch im Grunde ihres Herzens
sind sie treu, gerecht und rein.

Würd' es mehr von ihnen geben,
würd's der Welt wohl schaden nicht;
denn wo Kritik wird geäußert,
ist auch Besserung in Sicht.

© Norbert van Tiggelen

War ich bekloppt

Dumm war ich so oft im Leben,
half den Menschen unentwegt;
glaubte wirklich, dass man damit
manche gute Freundschaft pflegt.

Leider musst' ich oftmals spüren,
dass man Helfer sogar rügt,
hinter ihren Rücken redet
und sich über sie vergnügt.

Dank für viele große Taten
war: Ich wurde noch gemobbt.
Wütend sage ich mir heute:
Mann, verdammt, warst du bekloppt!

© Norbert van Tiggelen

Ausgeschissen

Solange du für Menschen springst
und mit ihren Sorgen ringst,
dein Popöchen dir aufreißt,
wirst du auch geliebt zumeist.

Doch wenn du dich mal beschwerst,
andren deinen Rücken kehrst,
wird man dich nicht mal vermissen,
denn dann hast du ausgeschissen.

©Norbert van Tiggelen

Altersarmut

Warst das ganze Leben fleißig,
hast geschuftet wie ein Tier;
gönntest dir im Grunde gar nichts,
wenn, dann höchstens mal ein Bier.

Hast dir deinen süßen Hintern
für die Firma krumm gemacht.
Auch der Fiskus war zufrieden,
aber Vorsicht, nun gib Acht:

Jetzt im Alter musst du büßen,
teils mit Schmerzen, teils mit Hohn.
Denn die Rente, die dir zusteht,
gleicht doch nur 'nem Hungerlohn.

Charaktersache

Den Charakter eines Menschen
siehst du nicht in seiner Not,
denn er fleht in dieser Lage
erst mal um ein Rettungsboot.

Seine wahren Geisteszüge
siehst du, wenn's ihm blendend geht.
Ob er dich dann auch noch achtet -
oder dir den Rücken dreht?

Tausendmal

Tausendmal war ich dein Retter,
half dir in der höchsten Not,
teilte mit dir jeden Kummer
und sogar das letzte Brot.

Tausendmal war ich dein Tröster,
hörte deinen Sorgen zu.
Menschen, die dir Böses taten,
waren für mich stets tabu.

Tausendmal riefst du um Hilfe,
setzte mich auch prompt in Marsch.
Jetzt, wo ich 'nen Fehler machte,
bin ich für dich nur ein Arsch.

Ausgesetzt

Wer Hunde einfach aussetzt,
der hat kein gutes Herz;
denn dieses arme Tier
erleidet Seelenschmerz.

Wer Hunde einfach aussetzt,
den sollte man bewachen -
denn er würd' mit Kindern
genau dasselbe machen.

Denkfehler

Fehler macht ein jeder mal,
ist ganz menschlich und normal.
Niemand von uns ist perfekt -
wäre auch verdammt suspekt.

Eine wahre Kunst hingegen
und zudem ein großer Segen
ist es, sie nicht zu bestreiten
und auf andre abzuleiten.

Wer seine Fehler von sich weist,
hat erstens einen schwachen Geist
und zweitens, was er nicht bedenkt,
er die Schuld auf andre lenkt.

©Norbert van Tiggelen

Die GANZ Starken

Unter uns gibt's starke Seelen,
die sich täglich mächtig quälen,
ihren Kummer keinem zeigen,
über ihre Ängste schweigen,
die trotz Leids noch schelmisch lachen,
dennoch andre glücklich machen.

© Norbert van Tiggelen

Sensationsgeilheit

Heutzutage ist's oft leider
so, dass Menschen herzlos sind;
wollen Sensationen sehen,
Männlein, Weiblein, auch das Kind.

Wichtig ist, es gibt Gesprächsstoff,
ist er auch gemein und schlecht.
Ob ein Mensch 'nen Unfall hatte,
ob sich wer am andren rächt.

Meistens wird dort zugesehen
und noch lautstark applaudiert,
angestachelt und gejubelt -
selbst, wenn dabei wer krepiert.

Dreck am Stecken.

Oftmals traut man kleinen Leuten
manche üble Schandtat zu,
denkt, weil sie kaum Geld besitzen,
da beklau'n sie ein' im Nu.

Aber Leute, lasst euch sagen,
auch wenn ihr jetzt wohl erschreckt:
Dass der Reiche ist der Rüpel
an dem häufig Drecke steckt.

Flächenbrand

Bist du ins Getratsch' gekommen,
achtet man gezielt auf dich.
Mit gemeinen Heucheleien
gibt man dir so manchen Stich.

Wenn sich dann die Schwätzer mehren,
wird dein Ruf zur üblen Schand'..
Lügen, Tadel und Gerüchte
sorgen für 'nen Flächenbrand.

Lodert das einst gute Image,
freut sich manch ein Lästermaul.
Menschen, die dich früher mochten,
finden dich jetzt fad und faul.

Immer auf die Fresse

Immer auf die Fresse kriegen
ist nicht spaßig oder schön.
Denn für Güte Schmach zu ernten,
ist gemein und auch obszön.

Irgendwann, nach vielen Watschen,
fragst du dich, wenn du arg schmollst,
ob du überhaupt noch einmal
einem Menschen helfen sollst.

Gerüchte

Gerüchte werden meist von Neidern
mit beschmutzten Seelenkleidern
nur zu deiner Pein erdichtet
und dass man dein' Stolz vernichtet.

Werden dann von dummen Affen,
die im Leben meist nichts schaffen,
ungeheuer schnell verbreitet -
folglich deine Seele leidet.

Werden dann von armen Nieten,
die im Grunde nichts darbieten,
noch geglaubt, und ist's auch harsch –
schon bist du der größte Arsch!

Vergebungsangst

Menschen sollten
sich verzeihen,
doch ein Punkt,
der hat Gewähr:
„Wenn sich Fehler
wiederholen,
fällt auch das
Vergeben schwer."

Helfende Hände

Wer bestraft die miesen Seelen,
die vernünft'ge Menschen quälen?
Die mit Tratsch und fiesen Lügen
geraden Ruf zum Acker pflügen?

Wer pflegt die kaputten Nerven,
die vom ganzen Dreckbewerfen
keine Kraft zum Leben haben,
sich darum im Frust vergraben?

Wer reicht diesen armen Herzen
mit den bittren Höllenschmerzen
Hände an, als Elixier?
Kaum ein Mensch, oh glaubt es mir!

Eigene Unzufriedenheit

Unter uns gibt's manche Seele,
die sich selbst nicht leiden kann.
Darum starren sie auf andre,
dichten denen Schlechtes an.

Dein Erfolg, den du erreichtest,
der ist ihnen gar nicht recht,
macht ihr Leben unerträglich -
darum machen sie dich schlecht.

Ritzen

Narben auf den Körpern sprechen,
was der Mund nicht sagen kann,
zeigen: Geist und Impressionen
sind zu oft nicht ein Gespann.

Zeigen, dass die Psyche leidet
und sie nach Erlösung schreit.
Schmerz bringt kurzen Seelenurlaub -
doch auch Kummer macht sich breit.

Jeder Schnitt ist wie ein Vollrausch,
Blütezeit der Aggression.
Körper fühlt sich in Ekstase,
Höhepunkt der Frustration.

© Norbert van Tiggelen

Erkenntnis

Um den wahren Duft
der Ehrlichkeit
und der Gerechtigkeit
genießen zu können,
muss man erst mal die
Heucheleien und
die Einseitigkeit anderer
am eigenen Leib
gespürt haben.

© Norbert van Tiggelen

Hinterm Rücken

Hinterm Rücken lässt sich's lästern,
unerkannt und wunderbar;
kannst somit manch Antlitz schänden,
ist sehr traurig und auch wahr.

Über Jahre kannst du ziehen
reine Menschen durch den Dreck;
machst auf mancher reinen Weste
einen schäbig dunklen Fleck.

Doch eines Tages, glaube mir,
wird nachgewiesen deine Schand'.
Dann wird dir nur noch eines helfen:
Nimm die Beine in die Hand!

©Norbert van Tiggelen

Hohe Kunst

Eine der höchsten
Künste ist es,
in einem Haufen von
Heuchlern und Gaunern
der Ehrlichkeit
treu zu bleiben.

© Norbert van Tiggelen

Horror-Gesellschaft

Ich mag keine Horrorfilme,
sowas schau ich mir nicht an.
Nur ein Blick aus meinem Fenster
reicht, dass ich betrübt sein kann.

Unsre kalte Welt dort draußen
ist schon wirklich schlimm genug.
Mit Geduld und offnen Armen
springst du auf den falschen Zug.

Falschheit und auch Ellenbogen
sind zum Überleben Pflicht.
Immer mehr sorglose Menschen
sehen dieses Unheil nicht.

Heucheleien

Wenn ein kleiner
Funken Lüge
im Laufe der Zeit
zum Feuersturm lodert,
wird so manche
unschuldige Seele
verbrennen.

Falsche Brut

Ganz besonders Lästerzungen,
die mit ihren Anfechtungen
Menschen haben oft verletzt
und sie in den Wahn gehetzt.

Dieses Pack von Bösewichten,
das verbreitet Tratsch-Geschichten,
nennt noch andre „Falsche Brut" -
wenn man ihnen Unrecht tut.

Feindkontakt

Um Feinde zu bekommen,
musst du nicht lauthals streiten
und nicht mit Schwert und Schilde
zu einem Wettkampf schreiten.

Um Feinde zu bekommen
und Ärger ohne Rast,
sag einfach deine Meinung -
und schon wirst du gehasst

Merke dir, was ich jetzt sage:
Hilfe kriegt ein jeder prompt.
Doch man steht oft hinter dir nur,
wenn der Schuss - von vorne kommt.

Gewissenlosigkeit

Oft sind Menschen kalt wie Eisen,
regen sich in falschen Kreisen,
lernen dort, gewitzt zu sein -
hinterhältig obendrein.

Tarnen stets die eignen Schwächen,
lehren, falschen Eid zu sprechen;
züchtigen den Reinen, Braven -
können sogar friedlich schlafen.

Norbert van Tiggelen

Hinterrücks

Hinterm Rücken spricht man gerne,
denn dort wird man nicht gehört.
Hier kann man dich übel treffen,
was die Schwätzer dann betört.

Ist dein Image einmal fleckig,
setze dich dann bloß zur Wehr.
Bist du einmal angeschlagen,
werden böse Zungen mehr.

Norbert van Tiggelen

Oft ist man sich nicht im Klaren,
dass so manche Seele bricht,
wenn man, ohne nachzudenken,
überstürzte Worte spricht.

©Norbert van Tiggelen

Aus den Augen, aus dem Sinn

Wenn ich etwas gänzlich hasse
und dann auch vor Zorn erblasse,
ist es, wenn man mich nur kennt,
weil es wieder mächtig brennt.

Jahrelang war ich nur Dreck,
im System ein kleiner Fleck -
heute bin ich wieder wichtig.
Sag mal, findest du das richtig?

Lange Zeit kein Ton von dir,
jetzt stehst du mit Tränen hier.
Und weil du nun Hilfe brauchst,
mir jetzt in den Hintern krauchst.

Heute helf' ich dir, wie immer,
um zu lindern dein Gewimmer.
Morgen ich Geschichte bin -
aus den Augen, aus dem Sinn.

©Norbert van Tiggelen

19

Wachturm-Worte

Wenn ich was zum Kotzen finde,
sind es Raffgier, Hass und Neid.
Müssen wir in Feindschaft leben,
jeden Tag nur Groll und Streit?

Geht es wirklich nur noch darum,
dass man stets die Messer wetzt,
uns bekriegen und nicht reden,
über Menschen übel schwätzt?

Waren all die Kriege sinnlos,
haben wir nichts draus gelernt?
Merkt denn niemand, dass es kalt wird,
sich der Mensch von Gott entfernt?

Eines Tages nimmt er Rache
und der Mensch in Angst gerät,
will sich plötzlich brav verändern -
bloß dann ist es viel zu spät.

©Norbert van Tiggelen

Ausgenutzt

Ist dir schon mal aufgefallen,
dass es viele Menschen gibt,
die von dir Gefühl erwarten,
doch sich jeder selbst nur liebt?

Melden sich total zerrüttet,
wenn es ihnen dreckig geht,
hast du aber selbst zu kämpfen,
keine Seele zu dir steht.

Sind sie blank am Monatsende,
wollen sie stets Geld von dir;
kreist bei dir der Pleitegeier,
kriegst du nicht mal Klopapier.

Kennst du solche miesen Leute,
gebe ich dir einen Rat:
Lösche sie aus deinem Leben,
denn sie sind 'ne üble Saat.

Verkehrte Welt

Offenheit, Entgegenkommen,
Mitgefühl und Menschlichkeit -
damit erntet man oft Tritte,
sorry, Leute, tut mir leid!

Freundlichkeit und Hilfsbereitschaft
bringen dir nicht selten Hohn.
Ausgenutzt wird meist der Gute -
Undank ist der Welten Lohn.

Mit Betrug und Ellenbogen,
Arglist, Schmach und Heuchelei
kommst du voran oft im Leben.
Ist das nicht 'ne Schweinerei?

Vorurteile und Gerede
sind inzwischen sehr begehrt.
Lügnern glaubt man ihre Reden -
Mann, was ist die Welt verkehrt!

© Norbert van Tiggelen

Aussortieren

Im Leben musst du aussortieren,
fällt's auch manchmal noch so schwer.
Oftmals spielt man mit Gefühlen,
diese Falschheit kränkt dich sehr.

Nicht ein jeder wird dein Freund sein,
so wie du es hast geglaubt.
Die Enttäuschung dieser Arglist
dir so manche Nerven raubt.

Deine Seele wird gepeinigt,
diese Tritte tun ihr weh;
und bei jedem weitren Reinfall
kriegst du's Kotzen, nun gesteh'!

Darum sage ich dir eines:
Miste ruhig den Stall mal aus
und entsorge diese Schurken
aus dem schmerzend' Seelenhaus.

©Norbert van Tiggelen

Tritt in den Arsch

Hast immer geholfen,
wo es gebrannt,
von dir hat man immer,
nur Güte gekannt.

Ging's anderen mies,
warst du stets bereit,
man kannte dich immer
als ein treues Geleit.

Waren die Sorgen
der andren Geschichte,
da machte man dich
mit Lügen zunichte.

Das Ende vom Lied
stimmt traurig und harsch:
Der Dank dafür ist
ein Tritt in den Arsch!

© Norbert van Tiggelen

Besorgniserregend

Für andre zu kämpfen,
ist meistens nur dumm.
Brauchst du einmal Hilfe,
dann sind alle stumm.

Du ärgerst dich schwarz
über Trägheit und Kälte,
man dich schon oftmals
mit Ablehnung quälte.

Was du auch sagtest,
es kam stets von Herzen,
was dir jetzt bleibt,
sind unendliche Schmerzen.

Drum glaube mir eines,
ich weiß, was ich sage:
Zuviel Besorgtheit
ist oft eine Plage.

© Norbert van Tiggelen

Traurig, aber wahr

Du machst dir Gedanken,
warum man dich hasst,
wieso vielen Menschen
deine Nase nicht passt.

Du warst immer ehrlich
und stets geradeaus.
Man dankte mit Tritten
statt Lob und Applaus.

Du gingst deine Wege
zur Not auch allein
und machtest dich niemals
vor andern klein.

Ich kann dir jetzt sagen,
wo oft drückt der Schuh:
Man sieht dich als Vorbild -
doch niemand gibt's zu.

©Norbert van Tiggelen

Bewunderung?

"Neid ist eine Anerkennung",
sagt man oft und auch sehr gern;
aber leider denk ich anders:
Dieser Spruch trifft nicht den Kern.

Neider hatt' ich oft im Leben,
grob geschätzt, fast jedes Jahr.
Diese üblen Konkurrenten
quälten meine Seel' fürwahr.

Menschen, die es nicht verstanden,
dass ein andrer auch was kann,
plagten mich mit ihrer Bosheit,
und das nicht nur dann und wann.

Viele Jahre lang bekam ich's
ungerecht und überhart;
diese Form von "Anerkennung"
hätte ich mir gern erspart.

© Norbert van Tiggelen

Sündenbock

Menschen sind oft kalt und grausam,
denn sie brauchen meist 'nen Depp -
einen, den sie stets beschmutzen,
eben halt so'n dummen Sepp.

Einen, der beständig Schuld hat,
ganz egal, was auch passiert;
den man gnadenlos besudelt
und mit Lügen attackiert.

Einen, dem man alles anhängt,
auch wenn er es gar nicht war,
einen, der im Grunde nett ist,
doch ihn hinstellt als Gefahr.

Gäb' es nicht solch' arme Seelen
wär's für viele echt ein Schock.
Denn was wären viele Schwätzer
ohne einen Sündenbock?

©Norbert van Tiggelen

Böse Zungen

Böse Zungen zischen leise
miese Witze haufenweise,
machen Menschen oftmals schlecht,
ist doch wirklich ungerecht.

Böse Zungen sprechen Lügen
und das sogar mit Vergnügen.
Darum leiden oftmals Seelen,
müssen sich durchs Leben quälen.

Böse Zungen rufen schallend,
und im Suff dazu noch lallend,
Dinge, die sich nicht gehören
und den Lebensrhythmus stören.

Böse Zungen muss man strafen,
leider wird's zu oft verschlafen.
Hätten diese nicht gesprochen,
wär' manch' Psyche nicht zerbrochen.

©Norbert van Tiggelen

Schulterklopfer

Ich mag keine Schulterklopfer,
denn die sind doch oft nicht echt.
Loben häufig nur zum Scheine,
denken jedoch tun sie schlecht.

Schleimen sich bei hohen Tieren
oft mit Heucheleien ein.
Küssen ihnen auch die Füße,
nur um halt erwünscht zu sein.

Lassen sich wie Dreck behandeln,
haben schließlich keinen Stolz.
Wichtig ist, sie sind geduldet,
denken sich darum: „Was soll's!"

Ich könnt' so nicht wirklich leben,
habe einen andren Stil.
Darum komme ich wohl niemals
an mein mir gesetztes Ziel.

©Norbert van Tiggelen

Burnout

Keine Lust mehr, um zu kämpfen,
jeder Gang, er fällt dir schwer.
Willenlos sind deine Taten,
keinen Bock auf Gegenwehr.

Leerer Blick in deinen Augen,
schwächlich gehst du, wie ein Wrack.
Farblos sind auch die Gedanken,
fort ist der einst bunte Lack.

Deine Seele schreit um Hilfe,
doch kein Mensch hört ihre Not.
Angst, ganz einfach zu ersaufen,
du wünschst dir ein Rettungsboot.

Psyche, sie ist morsch und kraftlos,
man dir deinen Willen nahm.
Deine Beine - schwache Sockel,
Arme, sie sind flügellahm.

Norbert van Tiggelen

Schnauze halten

Leider ist es oft der Fall,
dass es gibt 'nen großen Knall,
wenn du deine Meinung sagst,
deinen Mund zu öffnen wagst.

Wenn sie dann noch anders ist,
hält man sie für großen Mist,
und wie soll's auch anders sein -
du stehst plötzlich ganz allein.

Eigentlich warst du nur ehrlich,
so was ist jedoch gefährlich;
weil sich viele Menschenseelen
mit der Wahrheit mächtig quälen.

Darum hör' auf meine Worte:
Du bist zwar 'ne tolle Sorte,
doch den Menschen du gefällst -
wenn du deine Schnauze hältst!

©Norbert van Tiggelen

Clown

Mein Kostüm, so bunt und lebhaft,
macht den Schein von Fröhlichkeit.
Tief in diesem steckt ein Trüber,
dem passiert ist manches Leid.

Meine Schminke, eine Tarnung,
die die Blässe fein verdeckt.
Sie entstand in kalten Zeiten,
als man hat mich arg befleckt.

Meine Witze, nur ein Blendwerk,
um zu zeigen frohen Mut.
Jahrelange Hetzkampagnen
taten meinem Geist nicht gut.

Meine Maske, oft ein Schutz nur,
es fällt schwer, neu zu vertrau'n.
Habe Angst vor neuem Übel,
spiel' halt weiter einen Clown.

©Norbert van Tiggelen

Rentenalter

Warum quält man alte Menschen
mit der Arbeit in den Tod?
Schickt sie früher Richtung Rente
und nicht mit dem Gnadenbrot!

Es gibt viele junge Leute,
die schon lang sind arbeitslos;
führen oft ein Lotterleben,
ohne Schwung und ohne Moos.

Hand aufs Herz, seid doch mal ehrlich:
Hat das Leben einen Sinn,
wenn du schuftest nur mit Schmerzen
bis zu deinem Grabe hin?

Etwas leben will ein jeder
auch im Alter, lang und nett,
will nach seinem langen Schaffen
nicht sofort aufs Sterbebett.

©Norbert van Tiggelen

Depressionen

Immer diese üblen Sorgen,
spät am Abend - früh am Morgen.
Ständig wirre Phantasien,
leer sind deine Batterien.

Träume, die dich fertigmachen,
hörst den Satan dreckig lachen.
Nächte, die unendlich sind -
kalter Schweiß, die Seele spinnt.

Schon am Morgen graue Sicht,
aufsteh'n? Nein, das magst du nicht.
Würdest dich zu gern maskieren,
blöde Fragen ignorieren.

Quälst dich jeden Tag aufs Neue,
denn die Angst hält dir die Treue.
Untergang, der dich beschleicht,
und die Hoffnung, sie entweicht.

©Norbert van Tiggelen

Muss ich?

Muss ich heucheln oder schwätzen,
über andre Menschen hetzen?
Dazu neiden und auch lügen,
meinen Nächsten stets betrügen?

Muss ich mit dem Strome schwimmen
und gehören zu den Schlimmen,
die mit wahrlich schlechten Regeln
Seelen aus dem Leben kegeln?

Muss ich meine Gunst verstecken,
um nicht ewig anzuecken?
Mich des Helfens wirklich schämen
und von schlechten Zungen zähmen?

Muss ich mich am Ende fragen,
ob sie gut war'n, diese Plagen,
dass ich meistens ehrlich war -
ist die Welt nicht sonderbar?

©Norbert van Tiggelen

Der Mensch das Tier

Lang bevor's uns Menschen gab,
hat es das Tier gegeben.
Es wollte hier auf dieser Welt
im Grunde einfach leben.

Doch dann passierte etwas,
der Mensch machte sich breit.
Ein Raubtier, dem es darum ging,
zu schaffen Gier und Neid.

Mittlerweile ist das Tier
dem Menschen untergeben.
Ein Opfer von Gewalt und Lust,
durch Habgier von Strategen.

Es kommt der Tag, so glaubet mir,
dann wird sich dieses rächen.
Wir werden dann an Selbstsucht,
an diesem Leid zerbrechen.

©Norbert van Tiggelen

Mobbing

Mobbing ist der neue Volkssport -
Leute, macht doch alle mit!
Euren Nächsten zu beschmutzen,
ist doch heut' der größte Hit.

Immer schön die West' beflecken
mit verlogenem Gerede
ist des reinen Menschen Abgrund,
und zudem schürt ihr 'ne Fehde.

Artig Lügen zu verbreiten,
das macht euch als Menschen aus,
Scheißt doch drauf , ob es nun wahr ist,
Hauptsach', ihr seid selber raus.

Irgendwann, da kommt die Stunde,
glaubt es mir, es holt euch ein.
Dann seid ihr wie eure Opfer:
ein ganz kleines, armes Schwein.

©Norbert van Tiggelen

Die Welt ist schön

Die Welt, sie ist schön in allen Facetten,
doch möchte ich darauf wirklich nicht wetten.
Zu oft finde ich, da ist es der Fall,
stehen wir hier kurz vor dem Knall.

Kindesmisshandlung - ein täglicher Brauch,
dem Armen zu helfen - meist Schall und Rauch.
Reichtum - er wird sich nicht selten erlogen,
das Volk wird vom Staate zu oft arg betrogen.

Der Arbeiter schuftet, zahlt brav seine Steuern,
die Reichen mit Anwälten Unschuld beteuern.
Ehrliche Meinung, sie wird oft verpönt,
der faule Geselle mit Spenden verwöhnt.

Die Kinder sehen die Eltern oft saufen,
die Alten, die Jugend, wie sie sich nur raufen.
Drum finde ich es manchmal obszön
einfach zu sagen: „Die Welt, sie ist schön!"

© Norbert van Tiggelen

Malocherherz

Der kleine Malocher
ist häufig der Blöde.
Er wird hier behandelt
oft unfair und schnöde.

Macht krumm sich den Buckel,
erleidet manch Pein,
malocht für den Fiskus -
tagaus und tagein.

Die Steuern, sie steigen
und fressen ihn auf.
Dem Staat ist es latte,
der pfeift höchstens drauf.

Er knechtet halt weiter
mit Frust und mit Schmerzen;
er macht seine Arbeit -
doch nicht mehr von Herzen.

© Norbert van Tiggelen

Dummes Gerede

Ich kenn' da ein', der kennt ein',
und der, der kennt auch dich;
der sagte mir vor kurzen noch,
du hättest einen Stich.

Er sagte mir des Weitren,
du wärst total verbohrt;
einer, der stets pleite ist
und überall nur schnorrt.

Zudem seist du ein Prahler,
ein Mensch, der alles weiß;
überheblich, ungerecht -
und zudem kalt wie Eis.

Ich sagte zu ihm weise:
Mein Freund, nun hör' mir zu;
wenn Schwache auf dich neidisch sind,
dann kriegst du keine Ruh'.

©Norbert van Tiggelen

Keine Zeit

Keine Zeit für liebe Worte,
für ein wenig Mitgefühl.
In den Herzen stilles Schweigen,
Lebenslust meist fad und kühl.

Keine Zeit für klare Blicke,
in den Augen starre Sicht.
Wie der Nächste von uns leidet,
interessiert die meisten nicht.

Keine Zeit für Diskussionen,
es lebe hoch das Vorurteil.
Bloß nicht mal entgegenkommen,
Schnaps ist oft der Psyche Heil.

Keine Zeit für faire Züge,
Mobbing ist der Menschen Sport,
monotone Hetzkampagnen
treiben reine Seelen fort.

©Norbert van Tiggelen

Eigener Dreck

Oftmals reden Menschen gerne
über Seelen Schund und Dreck,
meinen, vor der eignen Türe
sieht man nicht den kleinsten Fleck.

Doch der Schmutz liegt dort nicht selten
meterhoch und auch so breit;
täglich steigen sie dort drüber,
ist für sie 'ne Kleinigkeit.

Kämen solche üblen Menschen
nicht aus ihrer Wohnung raus,
weil der eigne Dreck sie hindert,
gäb' ich dafür laut Applaus.

Diese dreisten, schlechten Seelen
achten nicht auf ihren Mist,
wichtig ist für sie dagegen,
zu verbreiten Streit und Zwist.

©Norbert van Tiggelen

Immer wieder

Immer wieder neue Schlachten,
die du täglich führen musst.
Hast schon lange keine Kraft mehr,
folglich fehlt dir auch die Lust.

Immer wieder neue Berge,
doch das Klettern fällt dir schwer.
Deine Beine, die sind schwächlich,
deine Arme schmerzen sehr.

Immer wieder neue Wege,
die du ganz von vorn beginnst.
Statt sie stolz mit Mut zu meistern,
du nur noch nach Ruhe sinnst.

Irgendwann, da streikt der Körper
und der Geist spielt dir 'nen Streich.
Denn nach all den vielen Schlachten
werden sogar Helden weich.

©Norbert van Tiggelen

Fahnenflüchtig

Es gibt Menschen, die versprechen,
dass sie immer zu dir steh'n
und mit dir in schweren Zeiten
auch auf steilen Pfaden geh'n.

Mit der Zeit bemerkst du oftmals:
Leere Worte - so ein Mist!
Kaum wird es mal etwas holprig,
Treue prompt Geschichte ist.

Gehst den schweren Weg alleine,
quälst dich durch 'ne miese Zeit.
Fühlst dich absolut verlassen,
Missmut macht sich in dir breit.

Ist dein Leidensweg beendet,
ist er plötzlich wieder da;
dieser Freund, der dir einst sagte:
Ich bin dir in Nöten nah.

© Norbert van Tiggelen

Ich bereue

Ich bereue nicht mein Leben,
nein, das wäre wohl verkehrt.
Ich bereue meine Umsicht,
sie hat mir oft Frust beschert.

Viel zu oft ist es geschehen,
dass man mich hat nur benutzt.
Brauchte ich mal selber Hilfe,
stand ich da und war verdutzt.

Keinen Halt von vielen Leuten,
für die ich mich hab bemüht.
Hab erlitten Schmerzensstunden,
denn die Finger war'n verbrüht.

Viel zu oft in meinem Leben
stießen sie in mich ihr Schwert.
Zuviel Zeit hab ich vergeben,
denn sie waren es nicht wert.

©Norbert van Tiggelen

Falsche Freunde

Falsche Freunde gibt es häufig,
lauern einfach überall,
täuschen dich oft viele Jahre,
ist nicht selten dieser Fall.

Falsche Freunde heucheln Mitleid,
so als meinten sie es ernst.
Meistens dauert es 'ne Weile,
bis du ihre Falschheit lernst.

Falsche Freunde helfen selten,
wenn einmal, dann nur zum Schein;
stecken sie in tiefen Nöten,
musst du immer Helfer sein.

Falsche Freunde sind wie Wunden,
sei jetzt ehrlich und gesteh!
Merkst du plötzlich ihre Arglist,
tut es lange in dir weh.

©Norbert van Tiggelen

Heutzutage

Heutzutage trägt man Tattoos
auf der Stirn und sonst noch wo;
schmückt sich gern mit Implantaten,
festigt Brüste und den Po.

Heutzutage macht man Schulden,
selbst ein Nichtsnutz fährt 'nen Benz,
kann er 's Darlehen nicht mehr tilgen,
geht er halt in Insolvenz.

Heutzutage trägt man Piercings,
dort wo's richtig schmerzhaft ist.
Ehrlichkeit und Nächstenliebe
werden lang nicht mehr vermisst.

Heutzutag' ist vieles anders,
und was mich ganz arg erschreckt,
ist, wenn hinter manchem "Topgirl"
wahrhaftig ein Junge steckt.

© Norbert van Tiggelen

Geld regiert die Welt

Mann, wer hat das Geld erfunden -
hatte so 'ne Schnapsidee?
Sicherlich kein weiser Jemand
und auch keine gute Fee!

Ohne Kies wär' vieles leichter,
denn es gäb' kein Arm und Reich,
Kriege würd es kaum noch geben,
jeder wär' dem andren gleich.

Es gäb' keine Neidereien
und kein Sonderangebot.
Man könnt' ganz zufrieden leben -
kein Erfolgszwang, bis zum Tod!

Leider Gottes gibt es aber
dieses so verfluchte Geld;
es regiert zum Überflusse
viele Menschen dieser Welt.

©Norbert van Tiggelen

Hab keine Zeit

Wenn man dich brauchte,
warst du stets parat.
Flexibel – dynamisch
und immer auf Draht.

Freunden zu helfen,
das war dein Vergnügen.
Du konntest im Traum nicht
dein' Nächsten betrügen.

Jetzt, wo's DIR schlecht geht,
bist du ganz allein,
könntest fast glauben,
ein Stümper zu sein.

Nun hörst du die Worte:
„Das tut mir echt leid,
sei mir jetzt nicht böse -
ich hab keine Zeit!"

©Norbert van Tiggelen

Gerecht?

Gott hat uns einst die Welt geliehen,
nicht dafür, dass wir Menschen fliehen,
nicht dafür, dass der eine klaget,
der andere sich in Schampus badet.

Wo Kinder werden drauf getrimmt,
dass Arme keine Menschen sind,
wo Wahrheit nur ein Wort noch ist,
solange du alleine bist.

Wo die Robbe wird erschlagen,
damit wir Menschen Pelze tragen,
der Herr mit seinem Schatten prahlt,
das Weibchen aussieht wie gemalt.

Wo Liebe meist ein Wort bedeutet,
was man mit Geld sich leicht erbeutet,
entscheidet über gut und schlecht -
ist das denn alles noch gerecht?

© Norbert van Tiggelen

Zukunftsängste

Strafen, Steuern und Gebühren,
sind schon lang des Fiskus' Freud;
er saugt aus den kleinen Bürger,
Vater Staat vor gar nichts scheut.

Bald schon wird man dafür zahlen,
was einst selbstverständlich war.
Wichtig ist das Volk zu prellen,
Tag für Tag und Jahr für Jahr.

Wie wär's mit ner Atemsteuer,
oder einer Schlafgebühr?
Gehwegnutzung sollt' was kosten,
und sie öffnet manche Tür.

Handy-, Fahrrad-, Katzensteuer
bringt dem Lande richtig Moos.
Bußgeld für den Spaß im Dienste,
ja, das wäre doch famos!

Kostenlose Treppennutzung
ist schon bald für uns tabu,
Ich hab Angst vor weitren Kosten -
kommt das alles auf uns zu?

Folterbank

Unter uns gibt's viele Menschen,
deren Leben war nicht leicht;
Krankheit, Mobbing, falsche Freunde
haben ihren Stolz erweicht.

Lügner waren oft die Feinde,
kämpften gegen Spott und Hohn,
halfen ihnen viele Jahre,
Undank ist der Welten Lohn.

Gehen einsam durch die Straßen,
tiefe Gangart, leerer Blick,
haben sich zurückgezogen,
um zu schützen ihr Genick.

Manchmal siehst du sie auch lächeln,
kurzer Lichtblick ist zu seh'n,
doch ein paar Sekunden später
Tränen in den Augen steh'n.

Würdest du ihr Innres kennen,
wär' auch dein Gewissen krank,
denn die armen, armen Seelen
liegen auf 'ner Folterbank.

©Norbert van Tiggelen

Tunnelblick

Schau doch ruhig nach vorne,
dreh dich bloß nicht um,
wirst so niemals erkennen,
die Welt, sie bringt sich um.

Schau doch nicht nach rechts,
dann könnte es passieren,
dass du Kinder spielen siehst,
die elendig krepieren.

Schau doch nicht nach links,
da sieht's nicht besser aus,
dort erblickst du Menschen,
die geben Blut Applaus.

Schau doch nicht nach hinten,
dann würdest du noch lernen,
dass wir uns seit langer Zeit
vom Herrgott stets entfernen.

Hast du auch noch taube Ohren,
dann nicht zu dir dringt,
dass der Vogel auf dem Ast
sein letztes Lied bald singt.

© Norbert van Tiggelen

Rüpel-Republik

In der Rüpel-Republik
kämpft man bis zum letzten Sieg;
mit Willkür und Ellenbogen
wird geheuchelt und betrogen.

Mit Gewalt und Tyrannei
schießt man manchen Weg sich frei;
nur wer prellt, gewinnt das Spiel -
Falschheit heißt der Weg zum Ziel.

Kalte Schonungslosigkeit
schürt so manchen üblen Streit;
Kinder lernen keine Pflichten,
wollen nichts als nur vernichten.

Worte wie „Ganz lieben Dank",
waren einmal eine Bank;
heute wird auf sie geschissen
und das sogar mit Gewissen.

Der, der bremst, ist ein Verlierer,
Ehrfurcht vor dem Randalierer;
nur noch Hader, Zoff und Krieg –
in der Rüpel-Republik.

© Norbert van Tiggelen

Tränen kotzen

Wenn ich durch die Straßen gehe
und die Menschen handeln sehe,
frag ich mich: „Ist das normal?"
Was ist die Welt doch kalt und fahl!

Wenn Säufer an den Straßenecken
trinken, bis dass sie verrecken,
Kinder in den Schulgebäuden
mit Gewalt die Zeit vergeuden.

Wenn Fußballstars Millionen kriegen,
während Fans im Kampf erliegen,
Politiker trotz Eid betrügen,
ihr Volk vor jeder Wahl belügen.

Wenn der Schmarotzer stolz gesteht,
wie gut es ihm in Deutschland geht,
während andre täglich schaffen,
sich Tag für Tag durchs Leben raffen.

Wenn Schönheit wird mit Geld gekauft,
der Junkie sich für Drogen rauft,
die Kids mit Markensachen protzen,
dann könnt' ich nur noch Tränen kotzen.

© Norbert van Tiggelen

Leistung und Kommerz

Wenn wir mal ganz ehrlich sind:
Die Menschheit wird nicht besser.
Stumpfheit, Raffgier, Kälte
und Neid gar bis aufs Messer.

Ein Lächeln kostet uns kein Geld,
genauso wie mal Danke sagen,
oder einfach freundlich sein
und nach dem Wohl des Nächsten fragen.

Stattdessen wird gemobbt, gehetzt,
der Nachbar durch den Schmutz gezogen,
kranke Menschen ausgelacht,
sogar ein alter Greis betrogen.

Was zählt in dieser kalten Welt,
ist leider nicht das Herz,
das Größte für uns Menschen ist
oft Leistung und Kommerz.

©Norbert van Tiggelen

Nutze Stolpersteine

Steine, die im Wege liegen,
können oftmals hilfreich sein.
Weiß man sie nur gut zu nutzen,
klirrt so manches Fensterlein.

Bau 'nen Turm aus diesen Steinen,
möglichst hoch und auch stabil.
Zeige deinen dummen Neidern,
du hast deinen eignen Stil.

Steig auf dieses tolle Bauwerk
und genieß die Aussicht dann.
Jauchze freudig und von Herzen,
dass es jeder hören kann.

Und dann noch, vergiss es bloß nicht,
fass die Möglichkeit am Schopf:
Räch dich an den "Steinelegern" -
pinkle ihnen auf den Kopf!

© Norbert van Tiggelen

Nachwort

Und - fühlen Sie sich nun ein wenig befreiter? Ich hoffe, ja. Manchmal kann es eine große Erleichterung für die eigene Seele sein, wenn man feststellt, dass es seinen Mitmenschen auch schon mal so ergangen ist, wie man es selber gerade erlebt. Plötzlich fühlt man sich gehört und auch verstanden - und schon sieht der trübe graue Alltag gleich ein klein wenig freundlicher aus.

Der Autor Norbert van Tiggelen

Schau nach vorn

Schaue nach vorne,
niemals zurück -
nur in der Zukunft,
da liegt dein Glück!
Hattest du gestern
noch Ärger und Not,
morgen vielleicht
ist schon alles im Lot.

Gestern, das zählt nicht,
heut wird gelebt,
immer nach Gunst
und Erfolg sei bestrebt!
Negativ denken,
das hemmt dich enorm:
Willst du gedeihen,
dann schaue nach vorn!

©Norbert van Tiggelen

Impressum

Titel-Idee:

Kerstin Lerp & Rosmarie Schulte - Wilde

Lektorat:
Heidi Friedrich, Lampertheim

Gedichte/Texte:
© Norbert van Tiggelen,
Wanne–Eickel (Herne 2)